시를 꿈꾸다 동인 시집

시를 꿈꾸다

시음사
시사랑 음악사랑

시를 꿈꾸다 동인 시집을 펴내며

꽃들의 춤사위가 아름다운 계절에 시를 꿈꾸다 문학회 동인 시집 "시를 꿈꾸다" 출간을 기쁘게 생각하며 축하드립니다. 시를 꿈꾸다는 가슴 한편에 접어두었던 감성을 이끌어 내어 문학의 나래를 펴고 글과 정으로 서로 아끼고 다독이는 순수한 문학밴드입니다. 그동안 시행착오도 있었고 비 온 뒤에 땅이 더 굳어지듯이 시를 사랑하는 회원들의 끊임없는 관심과 애정으로 어느덧 3년여 접어들고 있습니다. 가뭄에 단비처럼 팍팍한 삶의 잠시나마 편히 머물 수 있는 글밭 쉼터로 자리매김하고 있다고 생각하며 은은한 향기를 품은 들꽃은 화려하진 않지만 그 향기는 오래도록 여운을 남기듯이 앞으로도 한결같은 마음으로 서로 아끼고 배려하며 더 좋은 시의 향기로 작게나마 함께 공감하고 위안을 주는 문학공간이 되도록 한마음으로 가꾸어가기를 바랍니다.

시인은 처음 꿈꾸었던 시인의 마음을 담아 꾸준히 습작을 하고 한 작품을 쓰더라도 철자법, 띄어쓰기의 기본적인 부분을 놓치지 말고 잘 다듬어서 선보여야 합니다. 글은 곧 자신의 얼굴입니다. 또한, 끊임없는 창작을 하기 위해, 자신의 글에 대한 책임을 지기 위해 공부하고 노력을 게을리하지 않는 것입니다. 요즘처럼 시의 홍수 속에서도 좋은 작

품은 요란한 소리를 내지 않아도 그 빛을 발하듯이 겸손한 자세로 정진(精進) 해야 하겠습니다.
 오늘도 진솔한 마음으로 감동과 긴 여운을 남기는 시를 짓기 위해 노력을 아끼지 않는 시를 꿈꾸다 회원들이 문학 발전에 기여해 왔다고 생각하며 내실이 튼튼한 순수 문학밴드로 거듭나고 있다고 생각해 봅니다.

 시를 사랑하는 독자들과 기성 문인, 예비 문인들이 함께 어우러진 시를 꿈꾸다의 자유로운 분위기 속에서 시인을 꿈꾸고 소중한 인연으로 기성 문인들과 길을 걷고 있는 문우님들과 동인지 참여 문인과 출간을 위해 애쓰신 출판 관계자분의 수고에 깊이 감사드리며 회원들의 마음을 담아 문학을 사랑하는 분들께 바칩니다.
 아낌없는 사랑과 격려 부탁드리며 늘 행운이 가득하시길 소망합니다.

2019년 5월 1일
시를 꿈꾸다 문학회 회장 **임숙희**

♣ 목차

♣ 목차

♣ 목차

♣ 목차

시를 꿈꾸다

권 경 희

· 경기 안양 거주
· 대한문학세계 시 부문 등단
· 사)창작문학예술인협의회 회원
· 대한문인협회 정회원
· 「시를 꿈꾸다」 문학회 운영위원

여심을 흔드는 봄

권경희

살랑이는 봄바람은
마른 숲을 깨우기에 바쁘고
한낮 따사로운 햇살은
봄을 피우기에 분주하다

아지랑이 지어 준 꽃신을 신고
들녘으로 폴짝 뛰어오르는 새싹들
그 말간 뜀박질에
비탈길을 베어 문 햇살은
파릇한 옷고름을 풀어헤치고

거침없이 광야를 질주하다
햇살 담뿍 내리는 담을 넘어
토방 쪽마루를 넘나들며
구석구석 겨울을 털어내는 꽃샘바람
한 뼘씩 약동하는 햇살에 흠칫 달아나면

연분홍 화신을 물고
그루잠 든 창을 드나드는 명지바람
빗장을 풀지 못한 여인의 가슴을
달보드레 두드리며
숲과 여심을 분주히 오가고 있다

*그루잠 : 깨었다가 다시 잠든
*명지바람 : 부드럽고 화창한 바람
*달보드레 : 달보드레 하다 (약간 달콤하다)의 어근

9

햇덩이야 솟아올라라

권경희

동해의 검푸른 물결 위로
뭇 별들이 하얗게 내려오고
은은히 풀어놓는 수평선 너머
신기루같이 꿈꾸는 큰 별

새 아침의 신성한 기운에
구름은 엄숙히 장막을 치고
바람도 겸허히 숨죽이면
보일 듯 말 듯 차오르는 용트림에
검푸른 해원을 박차고 솟아오르는 햇덩이

광명의 빛을 향해 일제히 쏟아내는
저 가슴 벅찬 함성과
뜨겁게 달려오는 흰 파도의 환호로
끓어오르는 가슴은 뜨겁게 용솟음치고

심해에서 억 겹의 세월을 하루같이
솟아오르는 빛의 웅장함이여
소망 등을 높이 띄운 새날에도
온 누리에 평화와 번영의 빛이 되어
저 광활한 대지 위로 불끈불끈 솟아올라라

시월의 기도

권경희

작고 연약한 나무가
싹이 움터 잎이 무성해지고
저 고운 빛으로 물들기까지
무수한 아픔일 게다

옹색한 곳 어디에서 뿌리를 내려도
성스러운 빛을 거두는 들녘은
한 해의 수고가 고스란히 담겨 있고
그 수고와 은혜로 겸허해지는 계절

내려놓지 못하는 설익은 것들로
중년의 가을은 첫서리처럼 시리지만
비움을 알고 붉게 물드는 홍엽처럼
갈바람에 의연할 줄 아는 들국화이었음 해

유장하게 흐르는 물길처럼
한 사람이 가을 들녘에 닿기까지
얼마나 많은 수고와 눈물을 참고 견디며
깊고 넓은 강을 건너는 일인지 그들은 안다

늦가을 노란 산국화 향기가
은혜로운 들녘으로 스며들듯이
세상의 빛을 마주하는 사람들과
느릿느릿 오랫동안 풀꽃 향기로 남고 싶다

시를 꿈꾸다

권 기 식

· 경북 안동 출생, 창원 진해 거주

· 대한문학세계 시 부문 등단

· 사)창작문학예술인협의회 회원

· 대한문인협회 정회원

· 「시를 꿈꾸다」 문학회 회원

· E-mail : kwonks5915@naver.com

12

그녀

숨어 있던 그녀
햇살에
얼굴
뾰족 내미니
바람이
마중 하고

연분홍 화장에
배실배실
유혹하니
벌
나비
화장 고쳐주고
향수 뿌린다

봄

갈증

권기식

마른 가슴에
서걱이는 갈대 잎 소리
봄바람 불면
들리지 않을 줄 알았다

지나가는 바람이
비켜 지나가길 바랬다
품에 안은 소리가
깊이 숨은 탓일까
서걱거린다

잎이 돋고
꽃이 피어도 모른 채
혼돈의 시간 속으로 밀어 넣는다

어느 날 마음 한켠 자리 잡은
당신은 누구신가
벌
나비
꽃잎과 밀어 나눈다

꿈속 나비

권기식

누구나 꿈을 꿉니다.
아름다운 꿈을
갈망합니다. 이루어지길

어젯밤
꿈속 나비
꽃잎 품고 날아와

꽃향기 뿌리며
손짓합니다.
나비들에게

꽃이 피었으니
함께
사랑 나누자고

시를 꿈꾸다

김 기 호

· 중앙대학교 문창과 중퇴

· 시상과 문학 시 부문 등단

· 뉴스한국 기자, 강쇠닷컴 대표

· 맥향(경북 안동), 하주문학회(경북 경산) 동인

· 「시를 꿈꾸다」 문학회 회원

· E-mail : koreagoidbank@naver.com

시월 익은밤 시에 대한 찬미

김기호

마음의 피아노 건반을 누른다
사랑의 파열음이 나도
인연은 아름답다더라 말하라

안단테에서 모데라토를 거쳐서
알레그레토 같은 클라이막스를 느낄지라도
감정에 흠뻑 젖어 절정에 도달한 여인처럼
가을은 잘 익어서 터질 것 같은
아름다움을 지녔구나

짙은 사색의 에스프레소 같은 고독이
향기에 취해 비틀거리는 시월의 선율에
더삶 감사라는 반올림표를 부치고서
다소 편곡된 사랑노래를 연주해 주려마

사랑했노라 열정 가득 찬 음표들은
사분의 이박자 빠른 템포로
우리의 인연을 연주하고 있다

이 가을 사랑노래에 취해서
시월 밤은 밤톨 익어가듯
영양 가득한 감성을 검은 밤 묵향을
풍기면서 익어가고 있다

쇼팽곡으로 이어진 인연법이
다소 낯선 이 밤에
이 세상 삶을 그래도 찬미하자고
깊어진 가을밤 별들에게
고백하듯 독백을 하고 선
나그네의 고독을 세월의 잔에 담아
와인 마시듯 음미하고 있다

이 시월은 감당 못 할 만큼
계속 익어가고 있다

서 있는 겨울

김기호

겨울은 앉아 있지 못하고
항상 서 있다
뭔가 초조하여서인지
누군가를 기다리는지
계속 다리 아프게 서 있다

심장도 서서 생각의 고드름이
죽순처럼 무럭무럭 자라고 있다
마음도 얼어서 그냥 서 있다

서서 기다림 그 연속된 반복이
차고 냉철하며 기계적이다

때로 그냥 사는 게 추웠다
이유 없이 서민의 겨울은 그리 추운 게다
더욱 허전하고 쓸쓸한 고독이
너무 추운 마음들 앞에서
춥다고 말도 못하고 부르르 떨면서
서 있다 난 그런 겨울에다
눈사람을 만들어서 발열 내의를 입혔다

겨울이 녹아내려 형태가 없어진다
안타깝다 겨울은 그냥 추워야 하나보다
그냥 그렇게 추운 게 겨울이고
아무리 정권이 바뀌어도 그냥 추운 게 서민의 삶이다

왜 춥냐고 묻거든 서민이기에 그냥 추운 거고 그래서
항상 서서 봄을 고대하고 기대하고 기다리는
겨울의 숙명이라고 말한다

그래서인지 겨울은 교대도 안하고
밤새도록 그냥 서 있다

그래도 서서 따뜻한 봄이 오기를
기다리고 희망풍선을 불어서
하늘로 날려본다

그대의 심장을 훔친 봄

김기호

그대의 심장을 훔친 봄이
사랑에 푹 빠졌다

눈이 시리도록
보고 싶은 그리움이
일 때가 간혹 있다

경직된 그대의 얼음장 같은
삶에 슬픔을 녹여내면
그녀는 내 어깨에 기대어
스르르 눈을 감는다

잠시 내어준 어깨에
행복감이 전율처럼
느껴진다

그녀의 호흡
박동 소리를 들으며
나른한 봄 오후의
햇살에다 몸을 맡기 운다

고즈넉하고 따분함
이제 우리의 삶일지라도
그냥 우리는 태연하게
이 봄에 푸른 희망의
인연 매듭을 꽉 매고서
확신에 찬 악수로

이 엄격하고 엄숙한
봄을 맞이한다

그대의 느낌은
그냥 봄 그 자체다

시를 꿈꾸다

김 달 수

· 천우문학세계 시 부문 등단
· ㈜두메화훼 농장 대표
· 「시를 꿈꾸다」 문학회 회원

바람

김달수

바람이기를
나무숲 파고들어 잔 수풀 사이
살갗 벗겨 사방을 다독이는
바람이기를

해묵은 나뭇가지 흔들어 깨우는
자유의 은은한 산머리
휘감아 도는 바람이기를

춤추듯 노래하듯 영혼의 살결
어루어 가는 초심에 미소로
영혼을 쓸어 앉고
미진함도 모자람도 없이
함께 가는 바람이기를.

어제와 오늘

김달수

어제는 어제의 벌판 위에 내려놓고
오늘은 오늘의 울타리에 갇혀
내일로 가는 연습을 하고 있다.
때때로 날을 세운 시간의 얼굴
굴곡의 요란한 바람 속에
나타난 불면의 종소리
사방으로 저려 오는 유혹의 시간마다
모여든 하루가 쉬여갈 듯한데
어둠만 가득 흘려놓고 시간 속으로
빠져 나가고 있다.
미지의 세계 내일은 없다.
통한의 오늘만 수없이 지나고 있다
어제는 밤하늘 흩뿌려진 불빛처럼
허망에 주춧돌이 되고
오지 않는 내일을 준비하는
동량으로 남아
그저 끝없는 오늘을 달려
오늘을 살아내고 있다.

생명의 터

김달수

시간 속 그 건너편에 자리를 잡고
가득히 메워진 무언의 의미와
터놓고 이야기한다.

향수의 터 남모름이 젖는 우수의 고장
고결히 잠든 겨울이 스쳐 간 자리
현으로 몰고 온 가파른 봄 동산에
현란한 계절의 의미가 분주히 오고 간다.

오늘이 그랬다. 내일은
또 내일은 펼치지 않은 공간에 젖어
지난 어제만 퍼 올려 나를 비벼댄다.

생명의 터 한평생 빚어 다듬은
서툰 몸짓이 아직 아득한
여운에 밀려 오늘도 꺼이꺼이 울며
매캐한 걸음에 길들여진
후회의 연속성에 물들어 간다.

시를 꿈꾸다

김 미 영

· 서울 동대문구 답십리 출생
· 대한문학세계 시 부문 등단
· (사)창작문학예술인협의회 회원
· 대한문인협회 정회원
· [도서출판 강건] 월간 시선 정회원
· 「시를 꿈꾸다」 문학회 회원
· E-mail : yhjaesung@naver.com

세월은

김미영

진한 그리움이 되어
남아있는
지나간 세월의 그림자

그리워질 때가 있지요
좋았거나
혹은
좋지 않았다 해도

세월은
오늘도 가고 있지만
늘 우리는 어제를 추억하고
또 그렇게 살아가나 봅니다

당신은 늘 그리움이었어

김미영

가을바람이 내 옆을 스칠 때면
당신이 생각나,
시린 마음이 가득해
먼 산만 바라보았어

당신을 기다리는 건
늘 내 몫이었나 봐
처음 만날 때 기억해?
시월의 가을이었어

모퉁이를 도는데
감나무가 바람에 사그락
그 찰나의 순간에
쓸쓸함 외로움 그리움

느껴지는 생생함
잊을 수 없어
당신으로 인해 생겨난 것들
무디어 질만도 한데...

당신은 늘 그리움이었어

젊은 날의 초상화

김미영

가을하늘 같았던
너는 어디로 갔을까
풀잎에 맺힌 이슬처럼 맑았던
그 모습
그 마음

길을 나서본다
얼마쯤 걸었을까
너인듯 싶어 걸음을 멈추니
백일홍 로즈배키 꽃들이
내게 말을 하네
조금만 기다리라고

풀숲에서 작은 소리가 들리듯 하다
걸음을 멈추고 귀를 기울이니
여치가 조금만 기다리라고 한다
어디 있을까

어디쯤 오고 있을까
머무르고 안 올지도 몰라
세월이 지나서
내가 변해서
내 마음이 변해서

시를 꿈꾸다

김 서 곤

★ 목차

· 무협소설, 만화 스토리 작가
· 대한문학세계 시 부문 등단
· 사)창작문학예술인협의회 회원
· 대한문인협회 정회원
· 「시를 꿈꾸다」 문학회 회원
· 시집 : "사랑 날 그리다"

소나기

김서곤

이만 끝내자!

뼈를 찌르는
날카로운 너의 독설

사랑이 매섭게 돌아선 것인지
이별이 몸을 날려 몰아쳐 든 것인지

붙잡는 미련에 갈가리 찢기는
가슴속 처절한 몸짓

생애 절정에
가장 황홀한 격정이 죽자

비로소 보였다
그 쓸쓸한 아름다움

내 한 뼘의 성장
그 소나기.

그 여자의 비밀

김서곤

오너라 봄아
했더니
봄이 오더라

예쁘구나 꽃아
했더니
달콤한 향기 흩날리더라

너도 아름답다
했더니
찻잔을 잡은 손 파르르 떨더라

네게서 빨간 피 냄새가 훅 풍겼다.

짝사랑

김서곤

별을 보면
그 안에 네가 있고

꽃을 보면
너의 냄새가 난다

너는 거울 속에
나는 거울 밖에.

시를 꿈꾸다

김 인 수

★ 목차

· 대한문학세계 시 부문 등단

· 사)창작문학예술인협의회 회원

· 대한문인협회 정회원

· 안산 한국문인협회 회원

· 「시를 꿈꾸다」 문학회 회원

· E-mail : ws7677@naver.com

억새 풀숲에서 길을 잃다

김인수

인적 드문 억새 풀숲에는
애처롭게 울부짖는 소리가 들렸습니다.

앙상하게 말라버린 풀숲에는
윤슬 자국만 얼룩져 있었습니다.

길섶에는 서걱거리는
들풀들의 울음소리만 들렸습니다.

지난 여름날 풀벌레 노래하고
메뚜기 뛰어놀던 숲에는

소슬바람에 파르르 몸서리치고
갈바람에 엉키고 설키어
석양빛에 은빛 물들이며
가을을 보내고 있었습니다.

그 길섶에서
나 또한 가을을 보내고 있었습니다.

편지

꽃 그림 그려진
하얀 편지지 펼쳐놓고
그리운 얼굴
보고 싶다고
너에게 편지를 쓴다.

그러다가 지우고

또다시
사랑한다고

그립다고

점 하나 찍어놓고
눈시울 적신다

침묵은
새벽으로 가는데
오늘도 편지는
너에게 부칠 수가 없구나!

인연, 필연 그리고 숙명처럼

김인수

바람은
사연을 싣고 불어오며 속삭인다.

잊혀간 사랑과 남겨진 사랑을

곱게 물든 나뭇가지에 매달린
노란 편지지에 장밋빛 사연 담아
마음을 흔들어 놓으며

스쳐 가는 인연도, 인연이라고
토닥토닥 어깨를 두드리며
내 발자국에 내려앉는다.

바람은 또 다른 인연 찾아 길 떠나고

흔들리는 마음은
잃어버린 인연을 뒤돌아보다가
놓쳐버린 인연에서 한숨짓고
다가오는 인연은 필연이 되기를
빨간 잎새에 내 마음 담아본다.

영원한 인연은 없다 하지만
만남이 있기에 또 다른 인연은 숙명처럼
필연이 되길 바라며
쌓여가는 낙엽에 내 마음 얹혀 놓는다.

시를 꿈꾸다

김 현 도

· 대한문학세계 시 부문 등단
· 사)창작문학예술인협의회 회원
· 대한문인협회 정회원
· 「시를 꿈꾸다」 문학회 회원

구름 같은 인생

김현도

인생 산길을
오르다 보니
저 하늘에 구름 흐르고
굽이굽이 걸어온 길
사연도 많아라

살면서
걸어온 길 돌아보니
그 옛날
나의 꿈은 사라지고
말도 많고 탈도 많은 세상

내 모습은
여기저기 세월의
흔적 남겨지고
그 맑던 정신은
쇠약 해저만 간다.

님 떠난 자리

김현도

봄
꽃 피는 공곳이
달빛도 졸고 있는 부두길 걸으며
변치 말자 약속했는데
그 사람은 보이질 않고
나 홀로 여기에
파도 소리 들으며
긴긴밤을 지새운다
구름에 달빛 흐른다.
갈매기 울음소리 슬프게 들리우고
어찌 저리
슬피 우는지
이내 마음도 슬퍼만 간다.
이 밤은 왜 이다지 길고 긴지
저 구름 흐르고 나면
그대 만나러 가리다.

떠나간 여인

김현도

따스한
봄바람이 부네요
사랑이 떠나갔습니다
다시는 보지 못할 먼 곳으로
안녕이라고
인사도 차마 할 수 없었습니다.
그렇게 보내었습니다
내 눈에
먼지가 들어갔는지
눈을 뜰 수가 없었습니다
하염없이 눈물이 흐르네요.
그임이
보고 싶으면 어찌해야
하나요
이 가슴에 남아있는
그 임의 정은 또 어찌해야 되나요
또
바람이 불겠지요.
그임이 떠난 지금
그임이 보고 싶습니다
이젠 울지 않을 겁니다
그 사람이 싫어할까 봐요

시를 꿈꾸다

김 희 경

· 대한문학세계 시 부문 등단
· 사)창작문학예술인협의회 회원
· 대한문인협회 정회원
· 「시를 꿈꾸다」 문학회 회원
· E-mail : hkidlf@daum.net

청어

바다를 걸어 보려면 아마도
청어 정도는 되어야지
물결을 몸에 새기는 고행은
도무지의 바다가 되는 일이지
바다의 속울음보다 더 깊은 눈이 될 때
햇살조차 물결인 줄 아는 빛이 된다지
온몸에 아로새긴 멍들을 보고
바다는 제 몸인 줄 안다지
하얀 속살을 보고
파도도 제 몸인 줄 안다지
붉은 가슴을 보고
노을은 뜨겁게 사른 생의 사랑이라 한다지
그때에 비로소 물결과 한 몸 되어
바다를 걷는다지
가슴 가득 인내한 흔적들은
수많은 가시로 생을 유영하지만
그 누구도 아프게 하지 않는다지
가시가 없으면 가슴이 없다지※
가슴이 깊어서 바다가 된 게지
바다를 건져 올리면 공중부양도 한다지
빛살과 해풍, 달과 별들이 모여
다비식을 한다지
그리하여 바다보다 짙푸른 향빛
사리를 남긴다지
사람에게 남긴다지

※ 천양희 시인님의 가시나무에서 인용

44

오이꽃

김희경

가만히 봐요
새순 터뜨릴 때 놀라서 깨는 잠들었던 별
순을 스쳐 간 바람 마다의 가려운 숨결
누가 어떤 가슴에서 꺼내왔나요
저 나비들 날아들 때 벅찬 사랑
햇살이 낳는 그림자마저
그림자의 그림자마저
초록물 올려요

가만히 들어봐요
꽃잎이 낳는 신음 소리
흙이 젖도록 산통을 하고
하늘을 저토록 길게 낳고
하늘이 노란 물 다 먹을 때
비로소 부서져요

저 작은 꽃이 부서지면
파르르 하늘빛 소름 울어요
파르르 물빛 향기 울어요

기다림의 숲

김희경

기다림의 숲길 한번 걸어보세요
조용히 그들의 애길 귀 기울여 보세요

나를 잘 내려둔 침묵 속에서 봄을 기다리는 나목
너를 지켜주며 바라보는 사랑의 안목
우리를 품고 존중하며 엮어가는 다정의 화목

척박한 마음을 두드려준 북돋움
조금씩 깨어나 돋아 내밀던 반가움
바람도 잠시 눕게 해주던 여유로움
움트는 마음마다 가득한 즐거움

마음이 자랄 수 있게 해준 기다림의 숲길
여기저기 놓인 편지함 속에는
분별하지 않는 어울림을 담고
마음과 마음이 만난 아름다운 울림을 두었으니

마음이 황폐한 그대여
이곳저곳 준비해둔 편지함 보이시거든
편안히 편지하나 꺼내어 읽어보세요
그 마음들 모두 그대 것이니
가슴 가득 가지고 가셔도 좋소

시를 꿈꾸다

문 영 수

· 대한문학세계 시 부문 등단
· 사)창작문학예술인협의회 회원
· 대한문인협회 정회원
· 글렌도만 교육 대표
· 색동회 동화구연가
· 「시를 꿈꾸다」 문학회 회원
· E-mail : mysfd123@naver.com

방문판매

문영수

여인이 울고 있다
웅성거리는 소란스러운 구석에서
파운데이션 범벅된 그녀의 얼굴에는
지친 삶이 군데군데 뭉쳐있다

가족의 생계를 짊어지고도
남편에게 자신의 신장(腎臟)을 줄 수 없어
얼굴 벌게지도록 우는 여인의 의미를
보통은 풀어내기 어렵다

초라한 희망 한 가닥씩 손에 쥐고
성공담의 전설에 마음을 추스르며
갈 곳 없는 발걸음
열리지 않는 문 앞을 그녀들은 참아낸다

허기가 진다
가난한 군상들의 이야기
자신의 이야기를 스스로 헤쳐가야 하는
엄마와 아내는
오늘도 넘어가지 않는 밥을 물 말아 먹는다

꽃을 보내는 남자

그대를 닮은 들꽃 하나
보내주신 사진을 봅니다

길을 가다 발끝 작은 꽃에 멈추어
셔터를 누르셨을 당신 모습 보이는 것 같습니다

닮았다 하시니 어린 마음 웃습니다만
어디가 닮았을까요

옮기면 금방 시들고 마는
제자리 뿌리박고 사는 들꽃

그래도 지나치지 못하고
마음 한 번 주셨나 봅니다

지나가는 당신 붙들려고
꽃도 저리 고개 젖혀가며 보았겠지요

보내 주신 꽃처럼 웃어봅니다
꽃을 보내는 남자 생각하면서

여름 편지

문영수

여름밤 몰래
당신에게 편지를 씁니다

계절이 바뀐 날
햇살은 한층 성숙하게 뺨을 어루만져
여린 봄날을 잊게 했습니다

익히 알고 있는 당신도
비슷한 하루를 보냈겠지만
어제와는 다른 무슨 일이 있었을까
궁금합니다

저는 오늘 열무김치를 먹었습니다
어린 열무로 자박하게 국물을 낸 김치가
얼마나 시원하고 맛나던지
크게 한 그릇 담아 보내고 싶었습니다

세상사 만만치 않아
피곤한 푸념에 넋두리 같은 잠꼬대 늘어놓으며
말린 껍질처럼 잠들었겠지만

함께했던 현기증 나던 여름
범벅 된 끈적이는 땀 냄새
그 오래된 기억을 간직하고 있겠지요

점점 더 뜨거워질 햇살이지만
영글어질 열매처럼
단물 꼭꼭 배여서 깊고 달콤하게
이 여름
한 사람
사랑하고 싶습니다

박 현 미

· 광주광역시 출생
· 대한문학세계 시 부문 등단
· 사)창작문학예술인협의회 회원
· 대한문인협회 정회원
· 「시를 꿈꾸다」 문학회 회원
· 모던모엠 월간지, 문학춘추, 시와이야기 동인지 참여
· E-mail : qkrgusal9927@gmail.com

봄 마중

산 너머 어기에는 봄 처자 찾아온 게
문지방 넘어서는 꽃들이 피어올라
이듬해 떠난 제비가 잊지 않고 왔더라

꼬랑창 개구락지 깨금발 하고서는
벌씨로 춘삼월에 봄 맞은 여편네 마냥
엉덩이 짜우뚱험서 들판으로 나오고

춤바람 난 것같이 왠가니 빼꼼한디
거시기 애마리요 으찌나 추우면서
꽃샘이 심술부린가 겨울잠 청해부요

발바닥 땀나도록 뜀박질 했는디도
걸음이 부실한가 아직도 멀었어라
가을이 풍년이 들지 못해서 그랬는가

이 맴을 모르는 듯 계절이 무심히도
나이를 거머쥐고 이 맴을 갖고 노니
면면히 죽 잇따르요 임 마중 설레임은

기억의 저편

박현미

바람이 불었다
다시 이는 바람에도
한가로이 서성이다
가로수에 멈추어
운명이라는 명찰 앞에
데면데면 마주하고 있었다

동녘 땅 추억을 걸어두고
전력 다한 몸부림
을씨년스럽게 가슴 저림 안고서
던지고 배어버린 숱한 이별들
저며오는 쓸쓸함 부여잡고서
봐하니 촉촉이 젖어오는 그리움 한 쌍
먼 산 위에 서성이며 머물고 있었다

그 기억조차 희미해진
걸음걸음마다 미친 듯 헤매봐도
찾지 못할 세월, 시간
을자형처럼 흘러만 가고

때마침
까마득히 잊고 있었던 내 머릿속
지우개를 더듬어
만개한 그림들이 뇌리를 스치고

널리 파동이 일며
사소하다고 생각했던 모든 것들이
랑자히 밑그림이 되어
할 만큼 했다고 생각했던 숱한 생각들
게시판 위에 새겨둔 채, 아쉬움이 달리고 있다.

*봐하니 : 보아하니(겉으로 보아서 짐작하건대)의 준말
*을자형 : 길, 강물 또는 길게 뻗은 줄기 따위"乙" 자 모양으로
　　　　생긴 것을 이르는 말
*랑자히 : 1) 여기저기 흩어져 어지럽게, 2) 왁자지껄하고 시끄럽게

하루살이

박현미

목숨 부지하기 위해
오늘도 요리조리 서성이다
호수인 줄 알고 풍덩 빠져 보았다
아~호수가 몸부림치며 움직인다
한 마리의 하루살이는 그렇게 잠이 들었다

목숨 부지하기 위해 요리조리 서성이다
넓적한 들판에 앉았다
휴식을 취하는 순간
넓적한 잎사귀 사이로 한 마리
하루살이는 그렇게 잠이 들었다

목숨 부지하기 위해 요리조리 서성이다
풍성한 숲에 정착했다
하루 인생 한 번쯤 편히 살아보리라
했던 그 마음 종일 헤매다 하루가 저물어 버렸다

하지만 또다시
내일의 태양은 떠오를 테고
다시금 날갯짓하며
힘차게 저 푸른 하늘을 나는 꿈을 꾸며 하루살이는
그렇게 꿈속에서 헤매이고 있을 테지.

시를 꿈꾸다

서 기 수

· 경북 영일 출생
· 울산대학교 체육학과 졸업
· 대한문학세계 시 부문 등단
· 사)창작문학예술인협의회 회원
· 대한문인협회 정회원
· 「시를 꿈꾸다」 문학회 회원
· E-mail : sds52355@naver.com

그대와 나

서기수

그대와 나 어이하여 그리움인가
바람의 언덕에 눈물비가 내리네

서러움이 산허리를 안고 있으니
꽃잎이여 바람소리 머물게 하라

고독한 방랑자의 휘파람 소리에
구름처럼 흘러가는 덧없는 세월

늙어가는 손등은 주름이 깊은데
그대는 꽃같이 곱기만 하였구나.

달빛

어둠이 내린 뜨락에 풀벌레 울음소리
덩굴장미 담장은 달빛에 우련 붉어라

고향집에 봉선화는 가신 임을 닮아서
연분홍빛 꽃물 들면 못내 애틋하여라

오솔길을 따라 걷는 쓸쓸한 달그림자
탱자나무 울타리에 하얀 꽃이 고와라

대숲에 이는 바람 그리움을 어이하리
놋자배기 술잔 들어 달빛에 취하리라.

그리움의 여정

서기수

싸늘한 석양빛에 여민 옷깃 세우고 나면
쓸쓸한 발길은 어디로 가야 하나

저 달빛에 눈물짓는 빗장 지른 언약조차
무정한 시간은 되돌릴 수 없으니

그대여 잎새를 스치는 한 줄기 바람소리
가녀린 눈동자 그리움 어이 하나

갈대숲에 바람 불고 아득히 달무리 지면
허전한 빈 가슴 그리움의 여정을.

시를 꿈꾸다

양 영 희

· 대한문학세계 시 부문 등단

· 사)창작문학예술인협의회 회원

· 대한문인협회 정회원

· 「시를 꿈꾸다」 문학회 회원

목단피

양영희

살랑이는 봄바람 양 짓 녘 아래
초록 잎 사이로 활짝 핀 모란꽃
봄을 기다린 선물일까요

짙은 초록의 잎은 모란꽃 감싸
따사로운 햇살 속으로 스며들고
바람이 부는 대로 나부끼며

화중지왕 천향 어울린 뿌리
성장을 멈춰버린 머문 자리가
탐욕에 물든 사람들의
끝없는 생명줄인가

목단피로 말려놓은 껍질뿐일지라도
모란이여
꽃 중의 꽃으로 영원하리라

흐르는 물소리

양영희

흐르는 물소리
잡히지 않은 숨소리 띄어 놓고
생의 길목에서 청춘의 향기도
소리 없이 떠나보내고

천둥소리에
화들짝 놀라 바라보니
곱디 고 왔던 꽃송이
시 드러누웠네

바라보는 이내 가슴
어둠이 내리고
흩어져 뿌리내린 잡초처럼
질긴 뿌리 놓칠세라
숨결을 따라 이슬 꽃피워내니

머물지 않은 그림자
푸른 산 강바람에
잠이 든 무게가 사르라니 녹아
먼동 빛 마중을 하고

꽃으로 검을

양영희

난 미망에 젖어 눈을 감고
보고 듣지도 못한
장님이 되었다

벗기고 또 벗겨도
놓아버릴 수 없는 숙명 앞에
이끼가 쌓이고

돌탑이 하나둘 세워지니
바람이 구멍을 뚫고
먼지로 쌓여만 갔다

낯선 풍경들이
꽃으로 검을 만들고
혼돈 속으로 걸어 들어간다

질퍽한 땅 위로
허울 좋은 육신은 상념에 빠져
이승과 저승을 맴돌며
혼과 업의 씨앗을 품고 달래니

무게의 중심에서
몸뚱어리 들끓는 영혼
너울너울 꽃 나 비 되었다

시를 꿈꾸다

양 현 기

· 대전 거주

· 하나컴퓨터자수 대표

· 대한문학세계 시 부문 등단

· 사)창작문학예술인협의회 회원

· 대한문인협회 정회원

· 「시를 꿈꾸다」 문학회 회원

· E-mail : hana19980@hanmail.net

스미는 사랑

양현기

어떤 사랑을 그릴까
떨리는 마음에

띠풀 붓 먹물 한 방울이
화선지에 스미듯 퍼진다

사랑 한 방울이
가슴에 그처럼 스며든다

그리움이 때로 사랑이
어쩌다 고운 미움이
그렇게 스며든다

삼지닥나무 한지 한 장에도
방울방울 스미는 사랑이 있다

그리움

양현기

침묵으로 소리쳐 불러도 목이 메고
꿈길에 만나도 허공에 팔 휘저으며
달려가 안기고 싶은 그리운 사람

살구쟁이 잔솔이 고목 되어
겨울바람 시린 가슴에 울음 울 때
문풍지 소리에 눈물 감추고
침묵으로 불러보는 애달픈 이름

밤새워 내린 눈에 쌓인 그리움은
꿈속에 머물다 간 어머니의 마음이런가

오월

양현기

모질게도 푸르른
나의 오월아!

한 잎 맺힌 이슬
동트는 새벽 올 때까지
긴 어둠 지나
그리움에 몸서리친
너의 눈물인 것을 안다

햇살의 눈부심은
목 놓아 울고 싶은
너의 타는 가슴인 것을 안다

오월아!
슬퍼하지 말자
그립다는 것은
곁에 없다는 것이다

그리움이란
언제나 너의 몫이다
유월이 오면 그리운 님
네 곁에 오실 게다

시를 꿈꾸다

오 필 선

· 대한문학세계 시 부문 등단
· 사)창작문학예술인협의회 회원
· (사)한국문인협회 안산지부 회원
· 대한문인협회 경기지회 홍보국장
· 「시를 꿈꾸다」 문학회 운영위원
· E-mail : ops3342@hanmail.net

금낭화

오필선

가슴에 비수를 뽑지도 못하고
지쳐가는 심박이 헐떡이는 것을
모자란 숨 때문인 줄 알다가

느려진 눈으로 드는 금낭화 하나가
떨림 같은 너와 닮았다고 느껴지며
다독이듯 설레는 향으로 든다

투명함이 푸른 바람으로 강가를 돌다
낮은 거품이 되어 몸을 씻는다
탁 트인 들이 이제야 보이고
꽃들도 쉬고 있었음을

더 멀리, 더 깊이 모자란 숨이 채워진다

말에 대한 소고

오필선

가끔은 혀에도 건방이 들어
짧아진 혀는 가슴을 후비는
반 토막 말들을 거침없이 쏟아내고

가끔은 혀에도 기름이 고여
길어진 혀가 미끈거리며
늘어지는 말들을 함부로 지껄인다

"산전수전을 다 겪었다."
짧은 듯 늘어지는 말은 닥치고
밴댕이 속이라도 진정으로 말해야 함은

잘린 혀가 피를 흘리며 용을 틀어도
비수가 꽂힌 마음보다 아프지는 않다

돌탑

오필선

바람엔 돌탑이 무너지지 않음은
사이사이 바람 지나는 길을
막아서지 않기 때문이며

장대비에 돌탑이 젖어 들지 않음은
쏟아내는 빗물을 굳이
담아내지 않기 때문이다

돌탑은 반듯하게 격을 갖추고

소원하는 모든 이의 바람과
아파하는 모든 이의 소망과
미워하는 모든 이의 용서와
사랑하는 모든 이의 애정을

목석처럼 우뚝우뚝 받아줄 뿐

시를 꿈꾸다

유 은 실

· 이화여자대학교 졸업(피아노, 성악 부전공)
· (사) 수필춘추 수필 등단
· 롯데, 현대백화점 문화센터 팝송 강사
· 연세대학교 미래교육원 팝송 지도자과정 책임강사
· 「시를 꿈꾸다」 문학회 회원
· E-mail : sallyyoo4880@naver.com

연 어

유은실

겨울처럼 차갑고 냉정한 삶 속에,
오늘 하루도 무에서 유를 만들며,
그렇게 현실과 맞서며 살았다.

무엇을 위해 그렇게 사느냐고,
가족과 내가 살아가기 위해서.
자아실현과 나의 꿈을 위해서.

바다에서 강으로 거슬러 올라가는 연어처럼,
거센 파도에 몸이 치이고 다치는 줄 모르고,
바다에서 강으로 강으로 쉬지 않고 올라간다.

현실의 바다에서 꿈의 강으로 강으로,
인생의 바다에서 치열하게 치열하게,
하루 하루 맞서며 강으로 올라간다.

인생사

유은실

힘이 들 때 나의 마음속이 더 잘 보이고,
어려울 때 진실한 친구가 보인다네.

세상에는 나만큼 나를 사랑하는 사람은 없고,
아낌없이 나에게 베풀 수 있는 사람도 없다네.

내가 잘되면 주변에 사람들이 모이고,
내가 힘들면 부담스러워 떠나가 버린다네.

세상 이치 인생사가 다 그렇다네 그러니,
우리 같이 힘내서 앞으로 나아가세.

가난한 예술가를 위한 세레나데

유은실

가난한 예술가여서 노래만으로
마음을 전할 수 밖에 없네요.

노래 속에 진심과 내게 남은 순수함이
세상에 전해질 수 있을까요?

세상의 가난한 예술가들이여!
예술은 고통 속에 피는 꽃 이래요

고통의 영양분이 예술로 피어나게 하네요.
휘몰아치는 현실의 폭풍우 속에서

영혼의 예술로 노래하고 춤을 추니
어느새 햇살이 밝게 비추고 있네요.

시를 꿈꾸다

윤 서

· 아호: 月留堂 / 본명: 윤영순
· 월간 모던포엠 신인상 등단 (시부문)
· 제14회 모던포엠 문학상 동상
· 월간모던포엠 이사, 모던포엠작가회 회원
· 달빛문학회, 동인 시와이야기 회원
· 「시를 꿈꾸다」 문학회 회원
· 모던포엠작가회 제20선집 작가의 무기들
· 공저: 달빛을 줍는 시인들 제1,2,3집
        시와 이야기 여백의 시
· E-mail : youngsoon9854@gmail.com

사파이어

윤 서

만추에 익는 밤,
바람만이 아는 이야기
밤길에 수북이 앉아 있다

밤 숲을 거니는 별빛
홀로 사랑가, 아리랑을 부르다
밤 가시에 찔려 울리는
짧은 비명 소리
숲에 동심이 으으윽 익어간다

어둠이 깊은 청명한 밤
눈가 고랑을 타고 달달하게 흐른다

여인의 치마 속 살빛이 익는 밤
밤 숲의 쉼터가 세상을 걷는다.

산사의 눈

윤 서

눈 덮인 대지에 햇살이 졸고 있는 날
눈동자 속 어린 까치 한마리
홍시에 붉은 루즈를 칠한다

대롱거리는 붉은 너
외줄타기 너와 나 인연은
촉촉한 입술에 달달함이 와 닿을 때

처마 끝 고드름 바람 부는 풍금 소리에
언 마음 녹아 스르르
겨울 잠 재운다

눈과 눈의 한 끗 차이는
나무에 앉은 바람과 홍시등에
성냥개비 소녀는 성냥불을 당긴다

먹다 만 홍시 눈모자에
낯설지 않은 풍경은 웃고
하얀 벤치에 노곤함을 달래는 햇살도
아스라이 뜬 낮 달도

어두운 슬픔에 너의 붉은등
그 곳 만연사에 일탈을 꿈꾸며
처마 끝 풍경에 손을 잡는다.

그 놈2

윤 서

용이 땅에 떨어진 사실조차 모르던
미친개는 하늘에 오르고
오욕의 사시나무는 춥다고 앙탈을 부린다

혀 날름날름 벙글거리는
뱀 같은 철거 용역자

암담한 벽돌집 삭풍에 몸이 뒤집히고
몸뚱이 퉁퉁 부르터지는 봉변을 당할 쯤
고행의 맛을 혀로 핥기 시작했다

하늘에서 쏟아지는 빙수의 맛에
형체도 없는 괴물이 몸을 덮치고
미동 없이 숨을 쉬며 살고자 하는 위기감에
생동감을 느낀 일식 날

동태 된 혼도 몸살을 앓고
무릎에 냘름 앉아 턱 받친 두꺼비
눈빛만 초롱거린다

골패인 주름에 굴하지 않은
가부장 틀은 빛과 어둠의 정체
큰 숨을 쉴 때마다 등 뒤에 멈추지 않았던 그 빛

짙은 키스에
혀가 말리고 밀치고 밀리는 행위
어둠과 빛이 꼬이고 꼬인다

짧은 희열은 긴 여정을 재촉하며
손에 두둑한 살이 튀여 올라가고
맑은 빛 창에 걸린 여우의 청첩장
시집을 간다.

윤 은 경

★ 목차

너스레

나와 같이 살아가고 있는 사람은

효소酵素가 주는 마술

· 청일문학 시 · 수필 부문 등단

· 미국 뉴저 팰팍지역Goahead love FM 101.3
  호수방송 오프닝 멘트 및 방송 작가 할동

· 「시를 꿈꾸다」 문학회 회원

· E-mail : rosefive1@naver.com

너스레

윤은경

빗소리가 세상의 소리가 다인 양
몇 날 며칠을 골목길 휘감을 즈음 묻는다
별일 없느냐고

흰 눈이 이정표조차 무색하게
도시를 만들 즈음 묻는다
별 피해 없느냐고

시간대 별 같은 사연의 뉴스가
하루를 채우고 채울 때 다시금 묻는다
괜찮냐고

누군가에겐 힘든 시간이겠지만
꼭 이유 있어야 연락하던 것이
이럴 땐 핑계 있는 물음이 생겨 내심 좋았다
그렇게 너에게 한참을 별다른 이유 없이도
'너스레' 떨 수 있어 좋았다

나와 같이 살아가고 있는 사람은

윤은경

화려한 다이야보다
다이야 같은 빛나는 웃음을
하루 세 번 웃게 해 주겠다
큰소리치기에 결혼했습니다

별을 달을 따주겠다기보단
사랑받는 게 소원이라는 소원을
들어 주겠다 단언하기에 결혼했습니다

그런 마음들이 쇠붙이처럼 녹슬은 것도
줄어든 옷처럼 작아진 것도 아닌데
어느새 그 사람이 원수라 불리우고 있습니다

매일 사랑한다 말했던
부모의 사랑조차 내려놓은 채
선택한 이 선택이 이젠 잘못된 선택이라 흔들립니다

다시 돌아보면 선택도 나였고
행복함을 믿어 의심치 않았던 마음으로
결혼했었음을 잊고 산듯싶어 다시 한번 되뇌어 봅니다

원수랑 결혼하지 않았습니다
사랑하는 사람과 결혼해 살고 있는 겁니다.
원수랑 살고 있는 게 아닙니다
사랑하는 사람과
살아가고 있는 겁니다.

효소酵素가 주는 마술

윤은경

톡 쏘는
알싸한 막걸리는
'누룩'이란 효소가 익히고

달짝지근
달달한 식혜는
'엿기름'이란 효소가 만들고

사람이라는 됨됨이는
시련이란 누룩과
인성이라는 엿기름이라는 효소가
각기의 역할이 되어
알싸하게 혹은 달달하게 만들어 놓곤 한다

결국 모든 익어짐은
적당한 "시간의 효소"에 의해
무엇이 됨인지 갈림 되어진다

그런데 난
알싸한 막걸리도 달달한 식혜도 참 좋다

누구와 마시느냐에 따라

시를 꿈꾸다

이 광 범

· 강원도 홍천 출생
· 대한문학세계 시, 수필 부문 등단
· 사)창작문학예술인협의회 회원
· 대한문인협회 정회원
· 한국문학동인회 회원
· 「시를 꿈꾸다」 문학회 회원

들 길 따라서

이광범

길가에
시선을 여미는 꽃 더미
소꿉놀이
소쿠리에 놓인 꽃지짐 같다
돌 틈에 솟아난 소박이 꽃대에
고명처럼 흰 나비 단아하게 앉는다
봄이 훼방하듯 입바람을 불어댔나
검불처럼 날개는 허공에 날리운다
잠시 눈요기를 하려는데
너 나빴다

어머니 오시었소

이광범

바람도 넘기 어려워 망설여지는
저 서산마루 고갯길을
목구멍에 넣어 삼켜봅니다
노을이 타는 저녁이 오면
떠나가는 나그네의 그림자처럼
어두움이 내리고
천 길 낭떠러지에 발 닿는 소리 들리지 않아
어안이벙벙하여 텅 울림만 납니다
어머니 치매라도 생기셨소
시도 없이 내 가슴에 앉아 짓누르고 있지 않소
자식의 몸이 아프면 들이닥치고 계시니
혹여나 박태기나무 아래 누워서 제 꿈만 꾸시는 것이오
모른 체 하시어도 좋았소
편도가 부을 때마다
아랫목 요 밑에 손 넣어 보살피시니
모정의 못은 배겨와 등이 아렵습니다
이렇게 들르셨으니 이마라도 짚어주시구려
엄한데 자꾸 헤집지를 마오

손 편지

이광범

정분 나누기엔
연필 연서가 좋겠다
깊은 밤 널 품기엔 흑연 향 만한 게 또 있을까
적어내리다가 빗나간 말투에 놀라
화들짝 지우개로 지우고 다시 써가는
깊은 눌림의 흔적에 그대가 혹시 알아차리게 되는
결국은 너에게 되려
수줍음이 파도처럼 덮치게 하는
나의 절박한 사랑은 감춰진 것이라고
실수처럼 드러내는 진심을 꾸미고 싶다
투정은 연필로 꼭 써야만 한다고
나의 심경을 그대에게 아슬아슬하게 알리고 싶다
잘못 쓴 글씨를 고치며
말 못할 본심을 위장하기에 너무 좋을 테니까

시를 꿈꾸다

이 만 우

· 경기도 양주 출생, 국민대학교 졸업
· 삼성전자 근무, (현)프리랜서
· 대한문학세계 시 부문 등단
· 사)창작문학예술인협의회 회원
· 대한문인협회 정회원
· 「시를 꿈꾸다」 문학회 회원
· E-mail : lmw0001@hanmail.net

얼음 방울

이만우

똑똑 떨어지는
물 한 방울 두 방울 바닥을 차고
뛰어올라 송알송알 모여
수정처럼 곱고 탐스러운 열매 맺었다

나도 맑고 투명한 마음이 되고 싶어
가까이 가서 바라보고 있으니 너는
또 한 겹의 얼음 장벽을 만들고
어디론가 멀리 달아나려고 한다

얼음 탑을 쌓아가는 모습이
마치 석공의 혼이 들어 있는
석탑을 만드는 것처럼 정성스러워 보여서
한 걸음 두 걸음 너의 곁으로 다가갔지

차가운 너의 마음을 포근하게 감싸주니
애써 감추던 마음의 문을 열고
그제야 흘끔흘끔 바라보는 너의 눈빛은
얼어붙은 나의 마음을 사르르 녹여주었다.

인생길

이만우

두꺼운 손 살며시 열리니
깊이 파인 고랑마다
애절한 사연이 깃들어 있네

좁다란 길을 따라가다 보면
막다른 골목으로 접어들어
방향을 잃고 헤매기도 한다

산등성이 아래의 아찔한 절벽
날카로운 물건들로 인하여
베어진 자국이 아픔으로 남는다

이름 모를 풀 한 포기
이름 모를 꽃 한 송이
아름답게 가꾸던 시절이 있었으니

운명은 자신의 노력 여하에 달린 것
수레바퀴 구르듯 흘러간 세월 앞에서
주먹 쥐고 온 세상 바람직하게 살자.

우산이끼

아주 작은 돌멩이 사이로
방긋방긋 웃으며 일어나
너만의 우산이 되고 싶은 나
목을 길게 내밀고 기다린다

가려면 어서 가라고
가랑비가 내리고 있는데
설렘 안고 나를 만나러 오려나
언덕 아래를 유심히 바라본다

언제나 어디에서나
너만 생각하는 내 마음
꿋꿋하게 버티고 서서
너만의 우산이 되어 줄께

비가 너의 마음을 적신다면
나의 마음속 따뜻한 온기로
포근하게 감싸 안아 줄 거야
네가 편안하고 따스해 지도록

시를 꿈꾸다

이 명 순

★ 목차

· 대한문학세계 시 부문 등단
· 사)창작문학예술인협의회 회원
· 대한문인협회 정회원
· 문학시선 정회원
· 문학시선 수필 등단
· 「시를 꿈꾸다」 문학회 회원
· 인천시 제물포예술제 산문부 장원
· 전국 고전읽기 백일장 문화체육부장관상
· 윤동주문학상 수상 화도수필 동인
· 대한문학세계 좋은시 선정

바람이 주는 편지

이명순

은하수 저편에
먼 하늘 너머로 사라져버린
잊힌 영혼이 숨어있습니다

초승달 걸린 밤 배를 타고 건너
그믐달 내려앉은 강기슭에 엎디어
그대 숨비소리를 듣습니다

바람은 귓가에서 맴돌며 흐느낍니다
하늘로 오르는
낯익은 소리,
젖은 발걸음으로 가슴에 파고듭니다

파초의 꿈은 사라지고
낙엽에 묻어온 그대의 향기는
바람이 써 내려간 한 줄의 연서

그대,
그립다

누군가를 사랑하려거든

이명순

누군가를 사랑하려거든
물까치 소란 대는 사랑골로 오세요

누군가가 떠날까 두려우시거든
물까치 사랑 노래 들으러 달려오세요

행여라도 그대를 잊는다 하거든
금슬 좋은 원앙이 노니는 강가로 오세요

어느 날 그대가 몹시 외로웁거든
솔향기 가득한 숲속에서 한 마리 새되어 기다릴게요

그대를 향한 긴 기다림 동안
나의 심장은 멈출 수 없는 파도입니다

그대여 내게로 오세요
내 영혼은 그대의 심장 안에서 뜨겁게 타오릅니다

만남

이명순

하얀 눈이 소복이 쌓인 숲
눈이 부신 산사에 해거름질 때
처마 밑 유리알 같은 고드름
가슴에 녹아내리네

고즈넉한 산새를 돌아서
숲이 주는 숨을 마신다
발아래 놓인 목화솜 같은 눈밭에
바위는 잠자고 있다

스치는 바람결에 온 너의 모습
우연한 만남 더 한 반가움
무릇 인연이란 기약 없이 오는 것.
어스름 기우는 달빛에 풍경소리가 울린다.

시를 꿈꾸다

이 송 균

· 아호 백마
· ㈜ 대도산전 이송균
· 「시를 꿈꾸다」 문학회 회원
· E-mail : dyfalsg@hanmail.net

가을비

이송균

밤새 처절하게 내리는 빗님아
내 찐한 그리움 질투하는가
인고의 시간 속에 쌓인 가슴앓이를
마지막 슬픈 인사라도 하게 조금만 기다려 주지 않으련
님이 아닌 남이 된 그대에게
쓸쓸한 낙엽 편지 한 장이라도 건넬 수 있게
영영 못 올 님에게 미련한 정이라도 건네주게

얄미운 빗님아
그렇게도 시샘을 하는지 밤새 지치지도 않고 내리는가
동트는 새벽까지 그칠 줄 모르는 무정하고 야속한 님아
그리움 맘 다 씻어 가버린 애절한 동백잎도
아쉬운 듯 잎사귀에 님을 메어 두었건만….

장대 같은 님아
그대를 따르련다. 재촉하지 말거라
언젠가 언제라도 가야 할 길이기에
내 맘 슬피 울며 널 힘 없이 보내주련다
가슴 한없이 저며도 보내주련다.
가을빗속으로….

낙엽 하나 그리움 되어

이송균

바스락 보스락
살포시 무딘 발밑에서 떠나감을 아쉬운 듯 애절하게 속삭이네

플라타너스와 은행잎 서로 벗 삼고
행인의 발걸음 노래하며 이별을 재촉하는구나
무심코 한 두 잎 주워보니
플라타너스는 거친 아버지 손바닥이 되고
노란 은행잎 하나는 엄니 가슴 되어 아늑히 젖어드네

짓궂은 빗님도 그대가 어찌 애처로운가
날아가지 말라고 포근하게 하염없이 감싸주는구나

님들 속에 숨겨진 삶이여
내 다가감에 부끄러운 듯 빛바랜 낙엽 하나 둘
바람 속 숨바꼭질하네
텁텁한 나그네 한 사람 그댈 잡으러 헤매이며
문득 엄니 아부지 느낌 인양
흘러간 첫사랑 인양
애지중지 어루만지며
지난 과거 속으로 날려보련다
그리움 되어.

눈꽃 같은 첫사랑

이송균

함박웃음 핀 눈꽃 하나
홀로 애처로운 낙엽 위
살짝 따스한 입김으로 미소 지으며 재롱떠네

어릴 적 내 곁을 말없이 떠났던 여인이여
당신은 애틋한 함박눈이었네
춘하추동 많은 반복의 시간 속에서도
재회의 눈꽃이 녹아져 가는 그리움을 살랑살랑 깨우네

아침에 만물이 깨어나고 해님도 질투하고
첫사랑의 순수함 달콤함 너무 애절타 하여
온갖 산천까지도 몸부림치네
아스라이 남아있는 간절함 쌓이지만
내년을 기약하며 미련 꽃 피우네

반세기를 살아도 변치 않는 나의 눈꽃이여
님과 함께 떨리는 오색 낙엽은 또 다른 재회를 설레며
안녕을 손짓하는구나

그대 떠난 앙상한 나뭇가지에 새들이 사랑 노래 부르며 찾아들고
새싹이 봄처녀처럼 부끄러운 듯 고개 내밀 즈음에
사라진 함박눈 꽃 그립다 하여
하얀 목련 되어 나를 반기 누나.

시를 꿈꾸다

이 순 예

· 대한문학세계 시 부문 등단
· 사)창작문학예술인협의회 회원
· 대한문인협회 정회원
· 「시를 꿈꾸다」 문학회 운영위원
· E-mail : belle788@naver.com

햇볕이 잘 드는 창가

이순예

특별하진 않지만
왠지 포근해 기대고 싶지 뭐야
싱그러운 초록의 나무와
잘 어울리는 네가
문득 좋아졌어

언제든 내어주는 따스한 어깨
모든 상념 슬픔 감당해주는
네가 고마워서 눈물이 났어

닮을 수 있을까?
욕심이 많아 걱정되지만
기댈 때만큼은
세상 시름 다 내려놓고
햇볕이 잘 드는 창가
비스듬히 앉아 볕 쬐고파

편안한 쉼 공간 아지트
달짝지근한 커피향 담아
오늘도 난 너에게로 간다

용문산에서

이순예

마음을 빚어 보네
푸른 하늘에 담긴
구름이 예쁘다

마음을 씻어 보네
차갑고 맑은 개울
뒷짐 지고 입을 맞춘다

마음을 심어 보네
산등성 등진 소나무
그늘 밑 두 다리 쭉 편다

마음을 비워 보네
골짜기 선선한 바람
순순히 몸을 맡긴다

마음에 담아 보네
흰구름 수놓은 하늘
여전히 곱고 착하다

명동성당 앞에 서서

이순예

명동성당 오면 나도 몰래
발길이 이끌려 다다르는 곳

어릴 적부터 줄곧 반복하여
영절스런 꿈을 꾸었었던 것 같아
이해인 수녀처럼 시를 쓰고파

그것이 얼마나 무수한 희생과
돌심장이 전제되는 일인지
낮은 곳에 얼만큼 나를 가두고
옭아매야 하는 일인지
일상의 쳇바퀴를 언제까지
만날 굴려야 하는 일인지
그 버거움 짐작도 하지 못하면서...

명동성당 한모퉁이
거지 소년이 내민 파리한 생인손

어려워 힘들어 아파
잔작한 너스레 떨다가
이윽고 바투 맞닥뜨린
시인(詩人)이란 엄중한 현실.

줄행랑 놓고 보자던 속내에
객쩍은 실웃음 흩뿌리며,
성당 가온 살가운 성모 마리아상
고즈넉한 눈웃음 아래 복도해 본다

이 제 성

· KT 근무(전)

· 화천약초골 양봉원 대표

· 「시를 꿈꾸다」 문학회 회원

· E-mail : yhjaesung@naver.com

무지개

이제성

어딘가.
무지개 너머에 있을 당신.
이내 그리움을 일곱색으로 묶어
당신 있을 그 무지개 이쪽 편에 달아드리오매
고운 손으로 당겨
받아주소서.

이 몸 곧 죽겠나이다.

비가 오시려나

이제성

비가 오시려나
바람결에 흙냄새가 실려 온다.

빨래 걷어드리는 어머니의 땀 냄새가
아궁이의 솔가지 눅어드는 냄새가
착한 동무의 떡진 머리냄새가

비가 오시려나
수십 년. 아련한 기억을 헤집고
텁텁한 옛 향기를 품은
비가 오시려나

삶

이제성

삶은
더 어둡기도
덜
어둡기도 하다

본시 칼라였을 삶은
어느 정점엔
아주 쉽게 흑백이 되곤
나아가선
원래는 흑백이 아니었음도
잊곤 한다

하지만
그것의 본래 색이 흑백 또는 칼라였는지
점잖게 알아챈다 해도
아무것도 달라지지 않는다

기억 속의 것도 그대로이기도 하지만
발밑에 접혀져 있는 현실 또한
그대로이기 때문이다

그저
감촉할 뿐.

이 종 훈

★ 목차

· 인천 거주
· 대한문학세계 시 부문 등단
· 사)창작문학예술인협의회 회원
· 대한문인협회 정회원
· 인천공항 보안팀장
· 「시를 꿈꾸다」 문학회 회원
· E-mail : djy06980@daum.net

부산 이기대二妓臺에서

이종훈

벚꽃으로 물들인
갈 까마귀의 날카로운 부리가
몽그라질 때까지
물의 고을 휘젓고 다니니
무궁화 꽃 하나, 둘.....,
피기도 전에 꺾어집니다

곧추세운 발톱으로 한번 스쳐가니
분재가 되어버린 목련꽃은
고향과 멀어져만 갑니다

오호통재(嗚呼痛哉)로다
두려움에 떨고 있는 봄날의 꽃
새까만 멍자국에 긴긴날을 슬퍼하고

죽기보다 껴안기를 싫어한
갈 까마귀를 껴안고
깜깜한 바다 속에 비목이
되어버린 목련꽃 두 송이여

草野의 詩人이 이제야
두 손 모아 넋을 기리나니
가이아의 품속에서 편히 쉬소서.

마지막 잎새

지난날이 그립다

차디찬 바람에
이별이 아쉬워
잡은 손을 놓지 못하고

흐느끼던 소녀는
옷소매 부여잡고 몸부림치다
홀쭉한 뺨에 붉은 입술 찍고는
엄마의 치마 속으로 들어간다

뼈만 앙상한 소년은
뺨에 묻은 입술 자국을 생각하며
가슴까지 엉겨 붙은 솜사탕
풍만한 몸으로
소녀와 춤을 추는 꿈을 꾼다

그렇게
바위처럼 기다리며
하얀 이불을 머리에 두른다.

그리운 고향

이종훈

오늘도 박 씨 할아버지는
벚꽃조차 서리로 보이는
교동도 화개산에서
북녘 하늘을 바라봅니다

늙으신 부모 형제 남겨두고
철쭉꽃 떨어져 달을 삼킨 날
도망쳐 온 것이
목구멍에 걸린 가시가 되어
되씹어 삼킬 때마다 아파옵니다

북녘 하늘에서 칼바람이 불어옵니다
고향의 내음이 느껴집니다
그 바람에 철쭉꽃 향기도 따라옵니다

박 씨 할아버지는 코를 킁킁대시며
고향이 배어있다 하시고는
우수수 떨어지는 벚꽃잎
우수수 쏟아지는 할아버지의 눈물

벚꽃 한 잎
눈물 한 방울에는
이 세상에 계시지 않는 부모 형제의
그리운 정이 새겨져 있습니다.

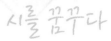

이 호 영

· 사회복지사
· 대한문학세계 시 부문 등단
· 「시를 꿈꾸다」 문학회 회원
· E-mail : lov5141@daum.net

정순왕후 내 왕비여

이호영

애련한 사람아
금표비 앞에 멈춘 발걸음 ,
너를 그리며 탑을 쌓는 이내 심사를 아는 게냐

구중궁궐 좁디좁은 곳에
나 하나 보고 와준 너를
백옥같은 섬섬옥수 가마솥 여닫고
물 길어 저녁 지음이 웬 말인가

적막강산 부엉이도 이곳에선 입을 닫고
달빛에 이지러진 눌러놓은 슬픔
자식 하나 너와 나 연모의 징표로
있었다면 외로움이 덜했을까

고단한 신세라 말하지 말라
노비 되어 밟힌다면 내 속인들 편할쏘냐
미안하단 말은 문풍지에 반겨오는
애잔한 나뭇잎 그림자에나 하려 하네

고고한 너 피지도 못하고 져야 함에
내 가슴 미어지나니, 먼저 가서 임이여
그대 발길 닿는 곳마다 청사초롱 밝혀 놓으리

연비聯臂

견우와 직녀도 오작교 있건마는
디딜 곳 없는 心思 생니를 뽑아서
가시는 버선 길에 노둣돌 놓을까요

뒤돌아 보아도 동동 아니 잡겠지만
텅 빈 이 속에 드나드는 시린 쓸쓸함
소쩍새 두견새도 밤을 새워 우노라니

임 이름 등판에 새겨 이슬 핀 꽃봉오리
넘지 못할 산 짚신 해져 물꽃 피울지니
형벌로 피어나는 양귀비꽃 달게 맡으오리다

항우를 그리며

이호영

장강에 흐르는 물 잔잔히 흐르고 흘러
인간사 만나고 돌아서면 씁쓸하여라
호연지기 장부 마음 그 누가 알아주랴
홀로 이 물결에 바람 가듯 나는 간다

삭풍이 분다더냐 뉘라서 알아주랴
갈아놓은 칼날 아래 달빛은 베어지고
골수에 새겨야 했을 범증에 간언을
덕 없는 그릇 산을 뽑을 힘도 외면일세

오추는 오강의 물속에 걸어 들고
내 사랑 우미인도 바람처럼 가버렸네
사면이 초나라 노래 장송곡 울리나니
두어라. 모진 세월 어이해 기억하리

죽음이 슬프더냐? 백 토막 나눠 가지라
사리사욕 눈멀어서 칼 아래 난도질일세
산 것인가 죽은 것인가 얼얼한 나의 넋
넋이여 혼이여 구천인들 어찌 떠돌까

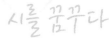

시를 꿈꾸다

이 환 규

★ 목차

전등사

새벽을 깨우는 소리

할미꽃

· 경기도 안양 거주
· 대한문학세계 시 부문 등단
· 사)창작문학예술인협의회 회원
· 대한문인협회 정회원
· 「시를 꿈꾸다」 문학회 회원
· 2018 모범공무원 선정
· E-mail : hwankyu718@hanmail.net

전등사

이환규

삼랑성 남문 종해루 오르면

은행나무 고목 되어 굽어본다

산사 곳곳에 흔들리는 바람

속세의 발걸음 멈추게 하고

모진 세파 견뎌온 단풍나무

애기단풍 핏빛으로 물들였다

새벽을 깨우는 소리

어둠을 헤치며 달려온 전철 1호선
안양역 승강장의 새벽을 깨운다

지난밤 비와 추위를 피해 들어온 노숙자
출근길 재촉하는 인파에 자리를 내어주고
움츠린 어깨 흐느적거리며 사라진다

구름에 흐려진 하늘
잠에서 덜 깬 어둠을 비추는 가로등
자동차 불빛에 장막이 걷힌다

새벽 장사를 마감하는 분주한 유흥가
취객으로 몸살을 앓던 도시의 밤이
깨어난다

누군가는 일을 마치고 집으로
누군가는 하루를 살아내기 위한 터전으로
분주한 발길을 옮긴다

길가에 뒹굴던 빛바랜 은행잎은 비에 젖어
미화원의 손길을 기다리고
오고 가는 사람들의 길동무가 된다

할미꽃

이환규

할머니는 손주들과 등하교를 같이했다
안전하게 잘 다닐 수 있을 때까지
늘 마중을 나가셨다

애지중지 귀하기도 한 손주들
가볍지 않은 가방을 들어주며
손을 잡고 오는 것이 즐거움이었다

손주들은 청년이 되었고
받은 사랑은 기억의 저편으로 잊혀져
힘없는 늙은이의 설움만 남겨 두었다

꼿꼿한 허리는 반으로 접혀지고
하얀 피부 백발의 머리카락은
곱게 늙어 할미꽃이 되었다

슬픈 추억의 할미꽃
양지바른 무덤가에 자주색 꽃잎 물고
하얀 털 뽀송하게 핀 할미꽃

아들의 아들은 성인이 되었고
할머니의 그 자리는 아들이 물려 받았다
자리를 바꿀 때가 되었나 보다.

시를 꿈꾸다

임 숙 희

· 대한문학세계 시 부문 등단
· 사)창작문학예술인협의회 회원
· 대한문인협회 정무국장
· 대한문인협회 경기지회 사무국장
· 대한시낭송가협회 회원
· 텃밭문학회 운영이사
· 한국문인협회 회원
· 「시를 꿈꾸다」 문학회 회장

· 대한문인협회 올해의 시인상
· 한국문학 작가상 수상
· 한국문화 예술인 대상
· 한국문학 공로상 수상
· 순우리말 글짓기 전국 공모전 은상 수상

· 1시집 : "가끔은 그렇게 살고 싶다"
· 2시집 : "향기로운 마음"
  여러 문인협회, 문학회 동인지 다수
· E-mail : whitelily6627@hanmail.net

바람이 참 좋은 날

임숙희

바람이 참 좋은 날에는
아름다운 선율이 흐르는
바람이 되고 싶습니다

세월의 멍든 가슴 한편에
삼켜야 했던 고인 눈물을
흐르는 바람에 띄우렵니다

반짝이는 햇살에
내 모습이 초라해 보여도
가슴으로 함께 웃어주는
마음이 순수한 사람과
바람이 참 좋은 날
나란히 걷고 싶습니다.

연잎에 맺힌 마음

임숙희

한순간도 놓치고 싶지 않은 것일까
또르르 모여드는 빗방울

삼키지도 뱉어내지도 못하고
켜켜이 끌어안고 있는 연잎

가냘픈 몸으로
커지는 물웅덩이 머리에 이고
아슬하게 흔들리며 넓은 품을
내어주고 있다

삼키지 못하는 삶일지라도
뱉어내지 못하는 삶이어도
융화(融和)되어 때가 되면 쏟아내는 연잎

비워야 할 때를 알고
미련 없이 내려놓는 연잎의
내 마음 빗방울 되어 떨어진다.

담장에 핀 능소화

임숙희

언제 이렇게 피었니?
참 예쁘구나!
참 곱구나!

지난겨울, 핏기없는 줄기는
차디찬 담장에 달라붙어
희미한 기억 속에 잊혔건만

뜨거운 태양을 오롯이 받으며
화사한 자태로, 고운 빛으로
반기고 있구나

목을 길게 늘어뜨리고
함박웃음 지으며
무심한 눈길에
얼마나 애를 태웠을까?

다람쥐 쳇바퀴 삶이라지만
지나고 지나온 길
고개 한번
눈길 한번
숨 한번 쉬어가면 되는 것을.

시를 꿈꾸다

정 명 화

· 서울 거주, 전남 영암 출생
· 대한문학세계 시 부문 등단
· 사)창작문학예술인협의회 회원
· 대한문인협회 정회원
· 달섬 문학, 문학愛 회원
· 「시를 꿈꾸다」 문학회 회원
· E-mail : myunghwa0518@naver.com

128

행복을 함께하는 사람

정명화

생각만 해도 기분 좋은 사람
보고 또 봐도 꽤 괜찮은 사람
편안하게 내 마음 주고 싶은 사람

그 사람과 들꽃 향기 맞으며
사랑 한아름 품에 안고 도란거리며
바람이 일렁이는 산책길을 걷고 싶다

가끔 내 말에 맞장구를 쳐주고
삶과 세월의 주름살을 세어가며
사랑과 행복을 함께하고 있는 사람

흔들리지 않는 선한 눈빛으로
아름다운 인연을 소중히 여기며
삶의 무게만큼 진득한 성품을 가진 사람

사랑의 보금자리에서
가족과 함께 다정히 손을 잡고
꽃망울을 터뜨리듯 삶의 길을 걷고 있다.

화해

부드럽고 유연하게
살고 싶은 건 말하지 않아도
누구나 생각은 같을 겁니다

사람들은 살면서 가끔
성이 나면 부딪치고 짜증과 화를 내며
마음이 상하고 가슴이 아파서 울기도 합니다

사람과 사람 사이 오해가 생겨
평생 보지 않을 듯 남의 허물을 들추고
차갑게 등을 돌리고 냉정하게 돌아서고

시간이 지나고 세월이 가면
서로의 배려심으로 이해하면서
자연스럽게 화해하고 받아들입니다

마음을 거두어 잡으면
쌓였던 앙금들이 녹아내려
보름달처럼 마음이 밝아지고

인간사 서로 부딪히고 살아야
정들면서 마음을 함께 나누고
의지하면서 아름다운 인연으로 살아갑니다.

나에 삶의 수레바퀴

정명화

집착하는 것을 놓아 버리면
삶은 아름다운 도전이 된다고
무한한 가능성으로 살아가란다

누구나 꿈을 꾸고 살아가듯이
아직은 나도 꿈이 있는 청춘이라고
도전하란다. 시작해도 된다고

부드럽게 굴러가기 위해
여유로운 마음으로 품위 있게
나만의 삶의 수레바퀴를 만들어

새로운 것에 애정을 보이며
좋아하는 취미는 꼭 붙잡고
즐거운 생각으로 정열을 쏟아보리라

무언가 배우고 싶은 열정에
내 최고의 삶의 수레바퀴는
오늘도 열심히 돌아가고 있으리라.

시를 꿈꾸다

정 복 훈

★ 목차

· 서울 거주

· 대한문학세계 시 부문 등단

· 사)창작문학예술인협의회 회원

· 대한문인협회 정회원

· 「시를 꿈꾸다」 문학회 회원

· E-mail : ocarina73@naver.com

꿈·별·그대

정복훈

꿈 밭에
별 밭에
☆이 뜨면
고운 빛 맞이하러 가요
새벽녘 그대도 별빛처럼
아름다울 겁니다.

설렘 2

정복훈

설레어도 된다
가을이니까
바람이 시원하니까
나뭇잎 곱게 물드니까
그대가
내 마음 물들이니까
멀리서
그대 내게 오고 있으니
내가 그대를 기다리고 있으니
이 가을,
이 시간
난 충분히 설레어도 된다.

진짜 같은 거짓말

정복훈

생각해보면
두 눈을 지극히 감고
당신을 생각해보면
나쁜 것이 하나도 없다
좋은 것과 더 좋은 것만 있다.

그리고
좋은 것과 더 좋은 것 중에
더 좋은 것은 언제나 당신 거다.

시를 꿈꾸다

조 양 상

· 충남 광천 출생, 경남대학교 행정대학원 졸업
· 사)한국백혈병소아암협회 창립. 사무총장 역임
· [시와 소금] 2017년 추천 시 등단 운영위원
· 충남시인협회, 곰솔문학회(편집국장)
  거제문인 협회 회원, 「시를 꿈꾸다」 문학회 회원
· [에세이문예] 2015년 수필 등단, 부회장(현)
· 수필집[보람찬 옥포만], 시집[연꽃에게] 외 다수
· E-mail : soaam1004@hanmail.net

무량사 종소리

조양상

나는 '홀딱 벗고 새'다

성주산 땅거미가
괘불탱 휘장 치지 않아도
극락전 앞마당 차지할 도량이면
금낭화처럼 사연 주머니 매달 까닭도
종 꽃마냥 부끄럼 헤아려 가릴 이유도 없는

'빡빡 깎고' 암자 지어
늘그막 명혼한 시습의 양생 되어
탁란한 둥지의 의붓아비라도
'풀빵 사줘' 공양하고 싶은 거다
덤으로 얹혀 살아온 날들이
당신의 무량한 울림이고 자비인 거다

종목에 매를 맞은 범종이 몸 풀면
오색딱따구리 서둘러 목탁치고
'홀딱 벗고 새'* 울음 공양에
무량사 종소리가 만수산을 넘어가는데

그런 날
무량사 저녁 예불에는
평생 홀러덩 벗지 못한 귀 얇은 중생들 모여
엉거주춤 엎드린 채 머리를 조아리는 것이다

  * 홀딱 벗고 새 : 검은등뻐꾸기의 다른 이름

137

세족례 洗足禮

조양상

발을 씻겨 주고 싶다
발자국 따라나서고 싶다

사랑은 형상기억합금처럼
가슴에 상형문자 족적을 새기는 일

세상살이가 발자국 남기기더라
하느님도 결국은 발자취 감식 꾼이더라

당신이 거꾸로 신을지라도,
매일 씻겨, 꽃신 신겨 주고 싶어 울었다

걸음걸음 나를 보듬어 온 인연이라
쓸쓸한 발길 더듬는 일이 그리움이더라

어머니도 그대도 맨발로
출가했다 출소해 돌아온 내게 달려 나왔듯

예수님, 부처님, 당신도 죄다
서로의 십문칠 되어 주는 사제더라

138

선암사 선암매

조양상

겨울꽃들이 납매처럼 피길래
선암매에게 따지고 싶어 달려갔습니다
너는 누구의 무지개다리냐고 승선교가 먼저 묻습니다
월천공덕을 얼마나 놓았느냐고 강선루도 거듭니다
새벽을 백매처럼 깨우신 조매가 어머니셨고
늘 동상 걸린 동매, 청매의 꽃받침이 아버지셨는데
설중매 흉내만 내며 만첩풀또기로 피던 나는 부끄러워
대웅전을 피해 원통전, 무우전으로 숨었습니다
나무도 매실공양 길에 매화공양은 덤이라 그럽니다
바람도 선암매가 사모한 미소가 응향각에 그윽하답니다
산 그림자도 죽단화에 봄은 아직 까마득하답니다
조계산 개울물은 멀뚱히 홍예 다리만 씻겨주고
옥매 되고 싶은 선암사 홍매는 염주만 부풀리는 중,
출가한 만첩홍매는 선암사 탱화를 그리고 있었습니다

시를 꿈꾸다

최 윤 서

· 경남 진주 거주
· 대한문학세계 시 부문 등단
· 사)창작문학예술인협의회 회원
· 대한문인협회 정회원
· 2018년 문예창작지도자 자격 취득
· 「시를 꿈꾸다」 문학회 회원

〈공저〉
· 문학어울림 동인지 (어울림)
· 대한창작문예대학 작품집 (詩 길을 가다) 외 다수

님의 자장가

드르렁드르렁

지축이 울리는
우렁찬 소리는
달콤한 자장가

고운 꿈을 꾸시는가
미소 띤 얼굴이
실어주는 행복

밝은 달님도
빛나는 별님도
자장가에 축제를 하는 밤

검은 장막을 거두려
여명을 밝히는
사랑의 세레나데가 울린다.

천사의 여정

최윤서

어여쁘다
곱고 고와서
눈을 뗄 수 없다

한 세상
어질고 순박한
현명한 여인으로 사신 덕에
행복한 아기가 되셨나 보다

초점 없는 눈빛에
죽도 흐른다 줄줄
기저귀의 진한 향기도
아기 천사의 사랑스러움인 것을

방긋 미소 짓는
한 송이 백합처럼
고귀한 사랑만 담아
오래오래 곁을 지켜 주시길

기원하고
기원합니다
셋째딸의 바람입니다

태양 같은 삶

아침 햇살처럼
따스하게
그늘진 마음 감싸 안아

이슬처럼 영롱하게
맑은 기운 드리우고

바다처럼
넓고 깊은 마음으로
오염된 물을 정화시켜

바람처럼 막힘없이
자유를 존중하겠습니다

솜처럼 포근히
부드럽게 받아들이고

나무처럼 듬직하게
한결같은 마음으로

나는 나답게
희망과 이상에
살겠습니다

거기에 나의 별이 있기에

143

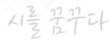

시를 꿈꾸다

하 은 혜

· 대한문학세계 시 부문 등단
· 사)창작문학예술인협의회 회원
· 대한문인협회 정회원
· 「시를 꿈꾸다」 문학회 회원
· E-mail : lys_127@hanmail.net

물의 나라

하은혜

활활...
가슴속으로만
타들어 가던 그가
긴 호흡으로 속내를 토해낸다

멀리 눈 덮인 요테이산이
한눈에 들어오고

피어오르는
물 아지랑이 사이로
흔들리는 노란 수선화

마음도
몸도
둥실 떠올라
그리움으로 젖어보는
북해도의 새벽

어머니

하은혜

그간의 이야기를
다 말할 수는 없지만

언제부터인가
어머니와 나는 역할이 바뀌어 버렸다

분명, 나는 어머니의 딸인데
어느 사이
어머니의 엄마가 되어
굽어진 세월을 되짚고 있었다

내 울음이 커가는 만큼
작아져 가던 어머니의 주름진 웃음

되짚어 보아도
먹먹해지는 기억 앞에
어머니를 가만히 불러본다

"어머니
부디 그 나라에서는 더 행복하세요"

토씨 하나에도

하은혜

태어날 때
고물거리던 시들을
묵혔다가 열어보니
천차만별이다

발효가 덜 된 그들을 하나씩 꺼내어
되새김질 한다

토씨 하나를 바꿔도
전체가 반응하는 아이가 있는가 하면

전체를 바꿔도
별 반응이 없는 아이가 있다

추려서
알곡은 창고에 들이고
낟알은 거름으로 묵힌다

홍 승 우

★ 목차

오해

예쁜, 꽃보다 아름다운

식어버린 것들에 대하여

· 경기도 가평 거주
· 대한문학세계 시 부문 등단
· 사)창작문학예술인협의회 회원
· 대한문인협회 정회원
· '홍시인의 무인카페 갤러리' 운영
· 「시를 꿈꾸다」 문학회 회원
· E-mail : jehuus8253@gmail.com

오해

홍승우

보이지 않는다 하여
함부로 말하지 말자

귀는
보이지 않는 소리를 듣는다

소리는
막힌 담도 타고 넘는다

함께 있지 않다 하여
함부로 말하지 말자

말은
보이지 않는 마음의 표현이다

마음은
옆 사람을 타고 넘는다

예쁜, 꽃보다 아름다운

홍승우

보면
기분이 좋아집니다

말 없이
두 눈 마주한 이유로

그만
빠져들 수 밖에

빛나는 흑빛 바다는
채 한 줌이 되지 않습니다

그 곳에 나는
닻을 내리고 바람을 거스리며
움직이지 않으려 합니다

식어버린 것들에 대하여

홍승우

흔들어 깨워 뛰게 하였다

그러자
소리가 생겼다

어딘가에 있었던
누구도 알 수 없는 재잘거림

바람에 맞서 흔들리는 노랑처럼

두드려라
떨어라
방울방울 올라 오라

사랑이여

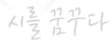

황 광 주

· 전남 완도 출생
· 대한문학세계 시 부문 등단
· 사)창작문학예술인협의회 회원
· 대한문인협회 정회원
· 「시를 꿈꾸다」 문학회 회원
· E-mail : hwang-gj@hanmail.net

바람의 시

황광주

저 바람이 보리밭 일렁이다
쓰러져 누운 곳
복사꽃 뽑아서 잘근 씹어보고
푸른 내음 한웅큼 마신다.

저 바람이 배꽃밭 배회하다
풀썩 등 기대운 곳
제비꽃 무리 사이사이로
보랏빛 꿈이 피어오른다.

저 바람이 소나기 피하려다
지쳐 울고 들어간 처마 밑
녹음 잎새에 눈물진 연산홍
붉은 꽃 몸서리에 또 눈물진다.

저 바람이 소슬히 스쳐가다
마주친 적갈색 잎새
빨갛게 물들어 책갈피 끼워
고이 접어 아쉬움에 지친다.

저 바람이 지나온 자리가
성난 질투에 할퀴어져도
마지막 잎새에 담아둔 사랑이
씨앗 되어서
다시 피워 오름을 꿈꾼다.

153

별리(別離)

황광주

달을 쫓던 별이 깜박 졸았다.

자정 넘어선 갈무리가 보듬어 주고
고요히 흐르던 구름이 쓰다듬어 주고
빗장친 문틈으로 지나는 살가운 바람

님 계신 그곳으로 가던 인적들은
벌써 끊긴 지 오랜데
고즈넉이 잠겨보는 그리운 추억들.

하얀 종이에 담겨진 비밀스런 얘기는
어느덧 마침표를 찍으려 하고
볼 빨개진 수줍은 마음은 잠을 설친다.

먼동이 틀 때쯤 새벽과의 별리(別離)

춘몽(春夢)

무중력의 세계에 작은 씨앗
품고 살았던 무한한 사랑은
운명처럼 어우러진 억겁의 인연.

윤회의 세월에 끊어진 기억은
잉태의 탯줄로 부활한다.

자궁 속 어둠에 떠돌던 촌각
빛을 보고 눈먼 백 년

꿈을 꾸며 기억하는
혼돈과 고요가 맞닿은 세상은
회귀하려는 마지막 종착역.

시를 꿈꾸다 시 짓기 콘테스트 선정작

□ 제1회
원 대 동 / 첫눈

· 원광대학교 사범대학 졸업
· 원광대학교 교육대학원 졸업(교육학 석사)
· 진경여자고등학교 교사
· 「시를 꿈꾸다」 문학회 회원

□ 제2회
곽 기 용 / 빈 둥지

· 경기도 파주 거주
· 공무원(전), 도시 농부
· 「시를 꿈꾸다」 문학회 회원

첫 눈

원대동

회색하늘 냉정한 빛깔은
감춰진 온도를 숨기고
안에서 바라보면
씨앗과 같은 그리움을 감싸고 있는 것일까?
그 사람은 모를 일이다.
어떻게
차가운 겨울에 꽃망울이 만들어 지는지

어느 순간
봉창(封窓) 사이로
잠깐 들어온 손님 따라
얼른 나서지 않으면
피울 수 없는 꽃이기에
바람으로 만든 꽃신
살랑 살랑 벗어놓고
달님처럼 부푼 청춘(靑春) 마주 보는 날

조그만 버선 발

조용히 벗어 놓고 가시려고

가벼운 목련꽃 잎사귀 타고 내리어 오시는 구나.

목화솜 이불

우주의 친정(親庭)에서 마련한 혼수(婚需)

그 눈물은

하얀 성애처럼 유리창에 꽃을 피우는 구나

그 사람

떠나간 뒤에라야 꽃잎이 만들어 지는구나

세월이 숨는 구나

내 눈에 보이는 무거운 공간(空間)

부피는 줄고

시간은 천천히 냉각되어

눈꽃 하나

그 사람 걸어오며 들리는

뽀드득 소리에

세월을

다독다독 감싸 안고

김장 항아리 속으로 너를 되돌려 보낸다.

빈 둥지

사랑아 곽기용

봄날 기다림에 지친
잔설 눈꽃이 뿌옇게
얼룩진 속내처럼
꼬리 바람 서늘한 빈 둥지

마주 잡은 행복 손 놓고
등거지 자국 들춰내며
바램 져버린 숨바꼭질로
개여울이 운다

봄볕에 눈이 부신 날
품 떠난 피붙이 보고픔에
곱씹어도 휑한 가슴은
눈 먼 사랑 가둔 무덤이 된다

시를 꿈꾸다 동인 시집

시를 꿈꾸다

2019년 4월 26일 초판 1쇄
2019년 5월 1일 발행
지 은 이 : 임숙희 외 36인

　　권경희 권기식 김기호 김달수 김미영 김서곤 김인수 김현도
　　김희경 문영수 박현미 서기수 양영희 양현기 오필선 유은실
　　윤　서 윤은경 이광범 이만우 이명순 이송균 이순예 이제성
　　이종훈 이호영 이환규 임숙희 정명화 정복훈 조양상 최윤서
　　하은혜 홍승우 황광주 원대동 곽기용

엮 은 이 : 임숙희

디자인 편집 : 이은희

기 획 : 시사랑음악사랑

연 락 처 : 1899-1341

홈페이지 주소 : www.poemmusic.net

E-Mail : poemarts@hanmail.net

정가 : 12,000원

ISBN : 979-11-6284-109-9